Reinhard Schreiber · *Also – jetzt mal ganz ehrlich!*

Reinhard Schreiber

Also –
jetzt mal ganz
ehrlich!

Gedanken
und andere Einfälle
zu angesagten Unwörtern,
geflügelten Worthülsen und
Hohlkörpern mit Schaumfüllung

Essay

Bibliografische Information der Deutschen Nationalbibliothek:
Die Deutsche Nationalbibliothek verzeichnet diese Publikation
in der Deutschen Nationalbibliografie; detaillierte bibliografische
Daten sind im Internet über http://dnb.dnb.de abrufbar.

© 2021 Reinhard Schreiber
Herstellung und Verlag:
BoD – Books on Demand, Norderstedt

ISBN: 9783755770404

Inhalt

5

Mein besonderer Dank gilt Herrn Alexander Gregorius
für die freundliche Unterstützung bei der Lösung von
EDV-technischen Problemen, die mit der Herstellung
des Buchs verbunden waren.   *R.S.*

Wandlungen der Sprache und ihrer Worthülsen

Gegen Ende der Siebzigerjahre des vorigen Jahrhunderts entwickelte die Generation der Heranwachsenden eine eigene Sprachkultur, deren Vokabular sich auf Schlagworte und kurze Sätze beschränkte und beim Gegenüber eine rasche Assoziationsfähigkeit voraussetzte.

Eines der bekanntesten Produkte dieser Bewegung waren die sog. *Sponti-Sprüche* – ein Kunstwort der Jugendszene, deren Druckwerke nach anfänglicher Irritation zunehmend auch das Interesse der etablierten Gesellschaft weckten (*Sponti-Sprüche, No. 1–4*, Eichborn, Frankfurt a.M.: 1 – 1981: *Ich geh kaputt – gehst du mit?* 2 – 1982: *Es wird Zeit, dass wir lieben.* 3 – 1983: *Nimm's leicht, nimm mich!* 4 – 1984: *Ohne Dings kein Bums*).

Die Ursache dieser wachsenden Wahrnehmung lag vermutlich darin, dass die Werbefachleute von Industrie, Touristik und Politik die lockere Eingängigkeit dieser Sprüche erkannten, die von Meinungsbildnern der Presse sogar zur *Neuen Jugend-Lyrik* hochstilisiert wurden. Dabei nahm man wohlwollend zur Kenntnis, dass deren Protagonisten, die *Spontis*, anderen Szenegruppen wie Punkern, Poppern und Teds zwar nahestanden, sich aber von diesen bewusst abgrenzten. Derartigen Gruppierungen gegenüber war die etablierte Gesellschaft zunächst mit skeptischem Argwohn auf Distanz geblieben, nutzte dann aber zunehmend deren Sprache, um sie – vor allem auch wegen ihrer zahlreichen Sympathisanten – für die

Zielgruppe der jungen Konsumenten, Touristen und Wähler nutzbar zu machen.

Die Anfänge dieser neuen sprachschöpferischen Stilrichtung wurden in den frühen Achtzigerjahren von Claus Peter *Müller-Thurau*, einem gelernten Philologen und Psychotherapeuten, frühzeitig wahrgenommen und in einer höchst amüsanten Publikation analysiert (*Lass uns mal 'ne Schnecke angraben – Sprache und Sprüche der Jugendszene*, Goldmann München, 1983). Sein Anliegen war es, bei der älteren Generation Verständnis für das Lebensgefühl der jüngeren zu wecken und ihr quasi mit einem *Lexikon der Jugendsprache* als Übersetzungshilfe sowie mit einer Auflistung von *Sponti-Sprüchen* eine Annäherung an deren Denkweise zu ermöglichen.

Dabei ging es ihm nicht nur um Befindlichkeiten der Jugendlichen wie *Easy going, Cool bleiben* oder *Null Bock*, sondern auch um *Trouble mit dem Gesülze der Alten* und ähnlich provokante Redewendungen. Wenn seinerzeit also der Sohnemann *auf einem heißen Ofen durch die Pampas bretterte, eine scharfe Tussi anbaggerte* und sich mit ihr *beim Itaker am Eck eine Mafia-Torte reinzog*, dann hieß das für die *Alten*, dass er mit dem von ihnen gesponserten Kleinmotorrad durch die Gegend fuhr, um dann mit der neuen Freundin im nahe gelegenen italienischen Restaurant eine Pizza zu verspeisen.

Doch damit nicht genug: Ein Jahr darauf prangerte der gleiche Autor in einem weiteren Sachbuch die kopflastigen Leerformeln der Erwachsenensprache an: *Über die Köpfe hinweg – Sprache und Sprüche der Etablierten* (Econ Düsseldorf, 1984, Goldmann München, 1986).

Er stellt darin fest, dass der Elterngeneration das spontane >*aus dem Bauch heraus*< der Jugendsprache weitestgehend fehlt. Dazu führt er die gängigen Redewendungen derer gnadenlos vor, die das öffentliche Sagen haben, und macht uns bewusst, dass diese *Worthülsen* – ganz gleich, ob sie aus *Pappmachée*, *Plastik* oder *Edelstahl* bestehen – im Inneren hohl sind, ohne dass es jeder gleich merkt.

Der Leser nimmt die lockere Vermittlung dieser Botschaften nicht nur mit großem Vergnügen wahr, sondern ertappt sich bisweilen auch selbst als leichtfertigen Täter, der dann ebenso reu- wie demütig Asche auf sein Haupt streuen darf. Zur Erwartungshaltung gegenüber einem zeitgemäßen *Gespräch in der Kneipe* erfahren wir unter anderem, dass dabei *an einer psychosozialen Kontaktstelle beim Austausch im Hier und Jetzt das Bedürfnis nach sozialer Interaktion, vermehrter emotionaler Zufuhr und Abbau eines Beachtungsdefizits im Vordergrund steht.*

In unserem kollektiven Bewusstsein sind historische Erinnerungen an die *unblutige Sprachrevolution* der jungen Generation vor annähernd vierzig Jahren mittlerweile stark verblasst. Dies hat seinen Grund sicher auch darin, dass beachtliche Anteile der damaligen *Sprache der Jugend* sich inzwischen in unseren Alltag eingenistet und demzufolge im Laufe der Jahre auch Eingang in die heilige Bibel unseres Sprachschatzes gefunden haben: den *Duden.*

Seit ihren Anfängen bis zum heutigen Tag wurden immer wieder kostenlose Anleihen bei klassischen *Sponti-Sprüchen* gemacht, ohne dass die öffentliche

Wahrnehmung sie zum Plagiat stempelte. Solche stillen Übernahmen reichten vom Namen der Rock-Gruppe *Die Toten Hosen*, 1982 von Frontmann *Campino* gegründet, bis hin zum Filmtitel des Kultstreifen von Marcus H. *Rosenmüller: Wer früher stirbt, ist länger tot*, der 2006 in den Kinos anlief.

In den letzten drei Jahrzehnten hat sich ein neuer Sprachstil etabliert, der zum einen geprägt ist von den verbalen Konstrukten einer elitären Leitungsebene, in der redegewandte Manager *business* gestalten wollen, und zum anderen durch das Vokabular von Mitarbeitern der Unternehmensbasis, deren Kommunikation zunehmend in *Anglizismen* stattfindet – oder dem, was sie dafür halten.

Was sich genau hinter diesen *linguistischen Fremdkörpern* verbirgt, ist nicht immer auf Anhieb erkennbar. Eines aber scheint – gottlob! – festzustehen: Deutsche Wortschöpfungen haben gegenwärtig immer noch bessere Chancen, irgendwann in den *Duden* aufgenommen zu werden, als die inflationären angloamerikanischen Wort-Chimären – vermutlich aber nicht mehr lange.

Den hilflosen Opfern solcher willkürlich etablierter *Code-Wörter* aller Couleurs wäre vermutlich ein umfassendes Nachschlagewerk für Neologismen höchst willkommen, dessen Glossar allerdings engmaschig aktualisiert und revidiert werden müsste. Diese Marktlücke wurde im letzten Jahrhundert angesichts ihrer Brisanz vielleicht wahrgenommen, jedoch nicht gefüllt. Aber es begann, in den Köpfen zu rumoren, und es wird wohl nur noch eine Frage der Zeit sein, bis dieser Gärungsprozess anfängt, Blasen zu schlagen.

Die wort- und wertschöpfende Macht
von *Yuppies* und Politikern

Im Laufe der Achtzigerjahre etablierte sich auch hierzulande die soziale Gruppierung der *young urban professionals*, kurz *Yuppies* genannt. Sie entsprachen einer Subkultur von jungen karriere-bewussten Unternehmern, die in ihrem Steckbrief Accessoires wie *Luxus-Loft im Zentrum einer Großstadt, edles Marken-Outfit, genormtes Hair-Styling, Alu-Dokumentenkoffer, Freisprech-Mobile, City-Klapproller* und angesagte *Treffs* zum *Afterwork-Drink* vorweisen konnten. Ihre bevorzugte Geschäftssprache war Englisch, bis dann in den Neunzigerjahren auch die Findung deutscher Neologismen zunehmend ihr Interesse weckte, sodass die Beziehung zwischen *Wortschöpfung* und *Wertschöpfung* als dem angesagten Ziel jeglicher produktiven Tätigkeit enger wurde.

Als Resultat solcher kreativer Prozesse tauchten bisweilen auch etwas skurrile Konstrukte an Redewendungen auf, deren Botschaften teilweise erschreckend, teilweise auch erheiternd wirkten. Aus diesem *Codex der Technokraten* seien hier einige besonders beliebte Beispiele aufgeführt:

> *Herunterbrechen:*
Diese Tätigkeit betrifft *Zahlenkolonnen*, die zunächst erstellt, dann aber – warum auch immer – wieder *heruntergebrochen* werden müssen, was der Uneingeweihte fast als mutwillige Zerstörung von zuvor mühsam Erarbeitetem und damit als kontraproduktiv empfinden muss. Zudem besteht die Möglichkeit, sich durch *Hinein- und*

11

Hinauszoomen mit diesen Zahlenkolonnen näher vertraut zu machen, bevor sie dem finalen Kraftakt des *Herunterbrechens* zum Opfer fallen. Aber auch dieses *Hinund Her-Zoomen* dürfte es dem aufmerksamen Zuhörer nicht leichter machen, die Würgegeräusche, die den anschließenden *Brechvorgang* zwangsläufig begleiten, zu ignorieren und das Emporsteigen der eigenen Übelkeit zu unterdrücken.

> *Abschmelzen*:
Dieses Verfahren wird gerne bei *Projektvolumina* angewandt, wenn sie etwas zu üppig geraten sind, wobei allein schon die Befürchtung von prozessbedingt hohen *Schmelztemperaturen* zumindest rote Ohren verursachen kann. Noch spürbarer wirkt sich jedoch ein *Abschmelzen von Vertrauenspotential* aus, welches offenbar nicht nur spontan zerrinnen, sondern sogar aktiv abgeschmolzen werden kann. Dabei wird die Hitzeentwicklung rasch am ganzen Körper spürbar – ganz zu schweigen vom *Abschmelzen von Humankapital*, dessen bildliche Vorstellung fatal an die Hexenverbrennungen des Mittelalters erinnert.

> *Unterjährig*:
Dieser Zeitbegriff hat mit *Minderjährigkeit* nichts zu tun, sondern wird bei Absprachen von Terminen oder Festlegung von Projektzeiträumen verwendet. Diese Definition legt die Vermutung nahe, dass es aus finanztaktischen Gründen eigentlich auch *überjährige* Zeiträume für weniger vordringliche Projekte geben müsste. Einige davon könnten dann – ein kalkulierter Neben-

effekt – vielleicht spontan, d.h. vom Zahn der Zeit, erledigt werden, ohne dass irgendwer dabei auch nur einen Finger krümmen muss.

> *Hochpreisig:*
Dieser Begriff spielt bei den *Materialbeschaffungskosten* eine wichtige Rolle und meint nicht die *vollmundige Belobigung* eines damit befassten Mitarbeiters durch den Abteilungsleiter, sondern den Kostenaspekt. Bereichernd für die Haushaltsdebatte wären weitere, noch nicht eingeführte Begriffe wie *minder-*, *nieder-* oder *tiefpreisig*, die bei Sparmaßnahmen oder drohender Insolvenz sicher zu ganz brauchbaren Termini werden könnten.

Übrigens: Vor nicht allzu langer Zeit wurde der Begriff *Bepreisung* durch Wirtschaftspolitiker hoffähig gemacht und – wie sollte es auch anders sein? – auch im *Duden* platziert. Gemeint ist damit nicht irgendein Lobgesang, sondern vermutlich der Vorgang, ein Produkt mit einem Kaufpreis zu versehen, der in der Regel auf einem unscheinbaren Etikett an der Ware angebracht wird. Was noch fehlt, ist die *Entpreisung* als Anleitung für ein stressfreies Entfernen solcher störenden, mitunter hartnäckigen Aufkleber.

> *Zielführend*:
Diese Eigenschaft wird häufig wirtschaftlich vorteilhaften Vorgängen oder Vereinbarungen zugesprochen, ausnahmsweise aber auch Geschäftsideen einer Führungspersönlichkeit, die mit höheren Aufgaben betraut ist. Um mit einem Bild zu verdeutlichen, was hier

gemeint ist, bietet sich der Vergleich mit einer *Flug-körper-Abwehr-Rakete* an, die dank eines integrierten autonomen *Lenkwaffenprogramms* imstande ist, sich selbständig ins Ziel zu führen.

> *Outgesourced:*
Unter *Outsourcing* versteht man die kostenpflichtige Delegation eines – meist lästigen – Arbeitspakets an einen Dritten, der diesen Auftrag gegen ein angemessenes Entgelt professionell erledigen soll. Ist der Vorgang der Abtretung dann abgeschlossen, gilt dieses Projekt – nach Maßgabe der regulären Konjugation im Perfekt – eben als *outgesourced*. Nach wie vor bleibt jedoch unklar, wie ein Sachbearbeiter diesen Vorgang im *Präsens* ausdrückt – sagt er: *Ich source out!* oder besser: *Ich outsource!*? Und wenn er seinen Kollegen fragt, ob er denn gerade ebendiese Tätigkeit verrichte – sagt er dann: *Sourcest du out?* oder ganz einfach: *Outsourcest du?* Hier könnte allenfalls eine verbindliche Verordnung zur Methodik der Konjugation Klarheit schaffen, um die auch der *Duden* bemüht ist.

Die genannten Termini lassen sich beispielhaft in einem Satz zusammenzufassen, der als *Lernmodul für Manager-Seminare* einsetzbar wäre: >*Unterjähriges Outsourcing* mag vielleicht *hochpreisig* sein – es ist jedoch nur *zielführend*, wenn die *Zahlenkolonnen* zuvor professionell *heruntergebrochen* und die *Produktvolumina* effizient *abgeschmolzen* werden.<

14

Ähnlich gehaltvoll ist die Kernaussage des folgenden *Statements*, das Altkanzler Helmuth *Kohl* zugeschrieben wird, wobei dieser vermutlich soeben die *Sprache der Etablierten* für sich entdeckt hatte: *Ich halte dafür, dass es nicht Sache sein kann, Öffentlichkeit herzustellen, solange nicht zwingender Handlungsbedarf besteht.* Hier fragt man sich natürlich, welches Handwerksgerät und welches Material geeignet ist, um *Öffentlichkeit herzustellen* – doch wohl kaum Stricknadeln und Wolle. Hier müsste dringend *Aufklärung hergestellt* werden, bevor *Handlungsbedarf* entsteht.

Auch das kryptische Attribut *alternativlos* – das offizielle *Unwort des Jahres 2010* – entstammt ursprünglich zwar nicht der politischen Szene, wurde jedoch im Zuge der Wirtschaftskrise durch Kanzlerin Angela *Merkel* populär gemacht. Es suggeriert eine *Sackgasse*, aus der es angeblich nur einen einzigen Ausweg gibt – nämlich: den vorwärts! –, sodass sich alle weiteren Argumente und Diskussionen *a priori* erübrigen. Solch ein *alternativloses Schachmatt* könnte allenfalls ins Wanken geraten, wenn ein ortskundiges Mitglied der Opposition Kenntnis von brauchbaren Fluchtwegen über ein paar unauffällige Seitengässchen oder geheime Hintertürchen hätte.

Mittlerweile wirkt diese diplomatische Ausrede schon ziemlich ausgeleiert, könnte aber neuen Schwung bekommen, wenn im Zuge künftiger Neuwahlen alternative Rechtsgruppierungen zunehmend die Fünf-Prozent-Hürde überschreiten. Unsere findige Presse würde wahrscheinlich nicht lange fackeln und dieses schwere Los, das damit den etablierten Parteien im Umgang mit den

Alternativen aufgebürdet wird, kurz und schmerzlos als lästiges *Alternativlos* definieren. Nach einem kurzen Lacher, ausgelöst durch Kabarettisten, hätte dieser Kalauer vermutlich jedoch keine große Zukunft.

Schließlich wurde vor nicht allzu langer Zeit nach dem blamablen Scheitern der Sondierungsgespräche zu einer *Jamaika-Koalition* für künftige Koalitionsverhandlungen das ominöse Schlagwort *ergebnisoffen* aus der Schublade geholt, dessen genaue Bedeutung wohl nur sein Erfinder kennt. Bei der ersten Konfrontation mit diesem Begriff könnte der ahnungslose Nichtpolitiker einen Garderobefehler unterhalb der Gürtellinie assoziieren, der sich schon mal bei zerstreuten älteren Herrschaften finden kann. Ein solcher wird aber wohl nicht gemeint sein, und so fragt man sich: Soll das *Ergebnis offen* bleiben wie eine Tür, die klemmt, oder bringt ein *offenes Ergebnis* Vorteile gegenüber einem *geschlossenen*? Beim Beispiel der Türe wäre der Vorteil des einfachen Schließens klar: es zieht nicht mehr. Sollte es aber so sein, dass es sich bei dieser Wortschöpfung einfach nur um einen Flüchtigkeitsfehler beim Lesen des Wortes *er-l-ebnisoffen* handelt, dann wäre auch zu erwarten, dass künftige Koalitionsverhandlungen vielleicht sogar recht heiter werden könnten.

16

Die *vernetzte* Sprache

Angesichts der fortschreitenden EDV-Vernetzung ist auch ein kurzer Blick auf ein paar Termini zu werfen, die – als *Anglizismen* anmutend – durch unsere sozialen Netzwerke geistern. Seit mittlerweile fast einem Jahrzehnt gibt es gegenwärtig in siebter oder auch schon achter Generation diese kleinen flachen Elektronikwunder, die beim Anwender *smartphone* heißen und mit denen ständig Myriaden von Informationen aus dem Netz *herbeigewischt* werden können. Dank dieser kommunikativen *Scheibenwischer* haben einige der englisch klingenden Neologismen ihren festen Platz in der Muttersprache unserer jungen bis mittelalten Generation gefunden.

Nachdem solche Code-Wörter inzwischen auch den Ritterschlag des *Duden* erhalten haben, sind sie nicht mehr aus dem Alltag all derer wegzudenken, die sich auf Augenhöhe mit ihrer Zeit wähnen, so z.B.:

> *facebooken*:
d.h. die *Website* des internationalen sozialen
Netzwerks *Facebook* zur Kommunikation benutzen
bzw. als *facebooker* zu *chatten* (s.u.).
Ungeklärt ist gegenwärtig noch das Problem der
korrekten Konjugation – sagt man: *Facebookst du?*
oder: *Bookst du face?* oder: *Bist du facebooking?*

> *twittern*:
zwitschern, d.h. kurze *News* oder *Fakes* ebenso
spontan wie anonym über das Netz senden oder
empfangen und dabei ständig im Auge behalten, ob ein
neuer *Tweet* eingegangen ist.

Übrigens: Nachdem der ehemalige amerikanische Präsident Donald *Trump* für seine Korrespondenzen – einschließlich Kriegserklärungen, Drohbriefen und Kündigungen – vorzugsweise *Twitter* benutzt hatte, hing der zwanghafte Trend zur Nachahmung wie ein Damokles-Schwert über den Köpfen auch anderer extrovertierter Politiker. Wäre er im Amt geblieben, hätte er vermutlich auch durchgesetzt, das Code-Wort *twittern* durch *trumpen* zu ersetzen. Immerhin haben es Trumps *alternative Fakten* bereits bis zum Unwort des Jahres 2017 geschafft.

Wäre *twittern* wirklich von *trumpen* abgelöst worden, wäre für den *Chatter* z.B. als höfliches *Memo* denkbar gewesen: „*Don't forget to trump your fakenews!*"

Grundsätzlich spricht ja nichts dagegen, den Infinitiv irgendeines Politikers als Metapher für sein Hobby zu verwenden. Ärgerlich nur, wenn er dies ebenso stolz wie fälschlich als Image-Gewinn verbuchen und mit fetter Unterschrift seiner Nation präsentieren würde. Offen bleibt die Frage, ob auch seine Lobby dabei genau so pflichtschuldigst applaudieren würde, wie ihr Wortführer es bisher von ihnen gewohnt war.

> *fakenews*:
das sind Falschmeldungen, die der gezielten Verbreitung von manipulierten Botschaften dienen sollen – sehr beliebtes Instrument bei Wahlkämpfen oder beim Mobbing.

> *chatten*:
plaudern, d.h. sich im *Internet-Chat* zwang- und belanglos austauschen. *Chatterin* und *Chatter* lassen sich sinngemäß mit *Plaudertaschen* eindeutschen.

18

Was man sich früher am Telefon *mitteilte*, heißt heute im drahtlosen Sprachverkehr nur noch *teilen*. Dies hat aber nichts mit dem mathematischen Vorgang zu tun, bei dem eine Menge in gleich große Teile zerlegt werden soll, und auch nichts mit der pädagogischen Ansage an das Geburtstagskind, der Inhalt der Bonbontüte sei für alle da.

> *chillen*:

abhängen, d.h. sich entspannen, z.b. vom Stress des Alltags, auch wenn ein solcher den *Chillern* und *Chillerinnen* nicht unbedingt auf den ersten Blick anzumerken ist. Als Alternative wird derzeit auch *cornern* propagiert, was aber wohl weniger gemütlich sein dürfte, weil es vermutlich im Stehen stattfindet.

> *instagram*:

online-Dienst zur Bearbeitung und allgemeinen Nutzung privater Fotos und Videos, die mehrheitlich als *Selfies* den banalen Alltag widerspiegeln. Für den kompromisslosen *Chatter* sind sie aber wichtig genug, sie mit vernetzten *Followern* zu *teilen*. Wenn also der Herr Pastor in der Predigt beiläufig erwähnt, er habe den letzten Abendgottesdienst *über seine homepage im livestream geteilt*, dann weiß man, dass er seine *Infos* in Echtzeit herübergebracht hat.

Die meisten dieser anglo-amerikanisch anmutenden Code-Wörter haben mittlerweile – wie sollte es auch anders sein? – einen Platz im Thesaurus des *Duden* erobert. Den werden sie vermutlich auch nie mehr räumen – im Gegenteil: es ist zu befürchten, dass sie sich dort exponentiell vermehren werden.

Buchhaltérisch –
sprachliches Glanzlicht der Administration

Während meines vormaligen Berufslebens gehörten periodische Haushaltssitzungen mit der Geschäftsführung zum Klinikalltag. Abgesehen davon, dass die Tagesordnung in der Regel bei einigen der teilnehmenden Ärzte nachhaltige Depressionen auslöste, brachte sie gelegentlich auch etwas Erfrischendes mit sich, wenn sich nämlich der Geschäftsführer sprachliche Innovationen wie Pralinen auf der Zunge zergehen ließ.

Als besonderes Glanzlicht ist mir eine Akzentuierung in Erinnerung geblieben, die ich zu meiner Verblüffung nicht nur von einem, sondern gleich von mehreren Administratoren zu hören bekam – neuerdings auch von Politikern und Moderatoren, wenn es um Bilanzen geht. Es ist das adjektivische Attribut, mit dem die Tätigkeit eines *Buchhalters* beschrieben wird, nämlich das Wort *buchhaltérisch* – wobei die Betonung ganz dezidiert auf die vorletzte Silbe platziert wird. Damit erreicht dieses Adjektiv eine wesentlich höhere linguistische Liga, in der diese Betonung tatsächlich auch gilt – wie z.B. in *äthérisch* oder *esotérisch*. Hierzu sei anerkennend vermerkt, dass der *Duden* – ausgehend vom Ursprungswort *Búchhalter* – derzeit noch konsequent auf der Betonung der ersten Silbe beharrt

Wie es zur festen Etablierung dieser Wortveredelung im administrativen Sprachgebrauch kam, ist leider nicht zu ergründen. Beim Nachgrübeln über analoge Anwendungsmöglichkeiten kann man jedoch auf einige hierzu passende Begriffe stoßen, wie *haushaltérisch, anhalté-*

20

risch, verwaltérisch, büstenhaltérisch, stammhaltérisch oder auch *nachtfaltérisch.*

In der Folge dürften allerdings auch andere Berufsgruppen wie *Bahnwärter, Kleingärtner, Klempner* oder *Pförtner,* aber auch Funktionsträger wie *Geschäftsführer, Anwärter, Türsteher* oder *Vorturner* Anspruch darauf erheben, die Beschreibung ihrer Tätigkeit adjektivisch aufwerten zu lassen – und zwar mit der gleichen elitären Betonung, die dem Buchhalter zum Ritterschlag verholfen hat. Dies könnte sich möglicherweise sogar recht positiv auswirken, z.B. für das *bahnwärtérische* Berufsethos, den *kleingärtnérischen* Wissensvorsprung, den *klempnérischen* Kunstgriff, die *pförtnérische* Allmacht, die *geschäftsführérische* Sachkunde, die *anwärtérische* Beflissenheit, die *türstehérische* Kompetenz oder auch die *vorturnérische* Vorbildfunktion.

Wer weiß: Einen Versuch, diese Innovationen dem *Duden* anzudienen, wäre die Sache vielleicht doch wert – vorausgesetzt, es findet sich hierfür eine ebenso mächtige wie beharrliche Lobby, die sich *sprachgestaltérisch* unbeirrbar dafür stark macht.

Zeugnisdeutsch –
der Geheimcode der Personalbeurteilung

Schon mancher Bewerber hat sich gewundert, dass er am Ende einer Reihe von Vorstellungsgesprächen jedes Mal an Stelle der erwarteten Zusage höflich, aber bestimmt mit einem unverbindlichen *Sie hören von uns!* zur Tür begleitet wurde, wo doch seine Unterlagen keinen Zweifel an seiner hohen Qualifikation gelassen hatten.

Durch einen Blick in seine Dienstzeugnisse hätte er dieses Rätsel lösen können – vorausgesetzt, er hätte sich irgendwann selbst mühsam durch die Geheimsprache der beurteilenden Vorgesetzten durchgewühlt und die fatale Bedeutung ihrer kodifizierten Satzbausteine erkannt. Hat er dann letztendlich doch die feinen Unterschiede in den Formulierungen kennengelernt – wobei diese heutzutage auch problemlos im *Internet* abzurufen sind –, so dürfte die Ursache seiner frustranen Bewerbungen auch für ihn ein offenes Geheimnis sein.

Die wunderbar lobenden Worte in den Zeugnissen, auf die er so stolz gewesen war, erweisen sich nun plötzlich als nutzlos, ja sogar schädlich für alle weiteren Bewerbungen, weil jedem erfahrenen Personalstellenleiter – ohne dass er Psychologe oder Hellseher wäre – die Botschaften geläufig sind, die hinter den standardisierten Formulierungen stecken. Diese können anhand der Wortwahl ohne Weiteres den üblichen Notenstufen von 1 – 6 zugeordnet werden, die für den Erfolg einer Bewerbung entscheidend sind, im Zeugnis jedoch nicht numerisch wiedergegeben werden.

Im Folgenden sind diese *Magischen Formeln der Juroren* aufgeführt und jeweils mit dem Kontext ihrer Kernaussage kommentiert:

Note 6 = …*versuchte*, die erwartete Leistung zu erbringen:
> Er versuchte es zwar, aber es gelang ihm leider nicht.

Note 5 = …war im Großen und Ganzen zu unserer Zufriedenheit *bemüht*:
> Er bemühte sich zwar, aber das war's dann meistens auch schon.

Note 4 = …*bewältigte* zu unserer Zufriedenheit:
> Er bewältigte seine Aufgaben, wenn auch ziemlich mühsam.

Note 3 = …*stets* zu unserer Zufriedenheit:
> Das Wort *stets* enthält erstmals ein anerkennendes Kopfnicken.

Note 2 = …zu unserer *vollen* Zufriedenheit:
> Unter *voll* sind logischer Weise 100% zu verstehen – und mehr geht nicht.
> Wenn z.B. ein Bierglas bis zum Rand gefüllt ist, kann es allenfalls noch überschäumen – aber *voller* wird es nicht!

Note 1 = …zu unserer *vollsten* Zufriedenheit:
> Hier wiehert der Amtsschimmel!
> Es handelt sich da um einen *Superlativ*, den es genau so wenig gibt wie seinen *Komparativ* (s.o.).
> Dieser Grundsatz gilt im Übrigen auch für Begriffe wie *leer*, *unendlich* oder *ewig*.

Wenn man beim Bild des Bierglases bleibt, könnte man bei der Personalbeurteilung für *Note 1* die Mengenangabe *vollste* durch die Zustandsbeschreibung *überschäumende Zufriedenheit* ersetzen. Auch bei dieser Metapher würde jeder gewiefte Personalstellenleiter wissen, was gemeint ist – er müsste eben nur bereit sein, auf den bisher üblichen, sprachkünstlerisch wertlosen Superlativ zu verzichten.

Die smarte Kommunikation
von *Small-talkern* und notorischen Wortführern

Ähnlich dem Trend in *Top*-Unternehmen, die *up-to-date* sein wollen, hat sich im Laufe der letzten zwei bis drei Jahrzehnte auch im privaten Alltag eine Umgangssprache entwickelt, die dem *Esperanto* nahekommt. Diese enthält zwar ab und zu noch originale Elemente der früheren *Sprache der Jugend*, ist aber zunehmend von *Anglizismen* durchsetzt, die nicht selten ihren Ursprung in der *Comic-Literatur* haben.

Jugendlichen und jungen Erwachsenen scheint dabei sehr daran gelegen zu sein, dank eines *hippen* Vokabulars – möglichst in Verbindung mit einem *flippigen Outfit* – im *Small talk* möglichst *clever* zu wirken. Damit wollen sie ihre Zugehörigkeit zu einer cliquenartigen *Community* kundzutun, deren Ausmaße dank elektronischer Kontakte über *Facebook* oder *Twitter* schier grenzenlos zu sein scheinen.

Auf Sprachkultur wird dabei kein übertriebener Wert gelegt, noch weniger auf konventionelle Schreibkultur, die dank drahtloser Kommunikation über *SMS* oder *E-mail* für weite Kreise verzichtbar geworden ist. Erschwerend kommt hinzu, dass das Wortverständnis der dabei angewandten individuellen Kürzel für Uneingeweihte stark gegen Null geht. So stellt sich die Frage, ob dem Begriff *Kommunikationskultur* hier wirklich noch ein Existenzrecht zukommt.

Es ist erstaunlich, mit welchem Selbstverständnis hierzulande Begriffe entstanden sind, die recht englisch klingen, aber eigentlich *Kofferwörter* sind. Dabei handelt es sich um Kunstwörter, die aus verschiedenen englischen Komponenten kompiliert wurden, wie z.B. *Wellness* – ein verdichtetes Konglomerat aus *well-being*, *fitness* und *happiness*. Das gilt auch für unser *Handy*, das im anglo-amerikanischen Sprachraum nur unter *mobile phone* bekannt ist.

Als kürzeste Form zur Kontaktaufnahme gilt – mittlerweile auch im *Duden* etabliert – bei Begegnung mit jemandem, dessen Gesicht einem bekannt vorkommt, dessen Name einem aber partout nicht einfällt, ein kurzes prägnantes „Hey!" oder auch ein noch kürzeres: „Ey!". Der Häufigkeit nach folgt – immerhin in der Muttersprache – eine kryptische Formel, wenn man jemandem zu vorgerückter Stunde am Tresen einer Nachtbar begegnet: „Na, auch da?" Nähme man diese Frage wörtlich, könnte man sie nur mit einem klaren „Ja!" beantworten – allerdings wäre das ein typischer Anfängerfehler. Cleverer wäre es, statt einer Antwort rasch mit einem coolen „Und selbst?" entgegenzuhalten, bevor das altmodische „Wie geht's?" oder auch nur das hippere „Und wie?" überhaupt ausgesprochen werden kann.

Verblüffend wirkt die gleiche Phrase in erweiterter Satzform, wenn man bei gesellschaftlichen Anlässen auf eine Gruppe von Bekannten trifft, beispielsweise auf einer Party oder einer Beerdigung: „Ach, seid ihr auch da?" Es wäre ausgesprochen peinlich, im ersteren Fall die sinnlose Anfrage durch ein „schon wieder" zu erweitern, im anderen Fall durch ein „noch immer".

Wird man zufällig Zeuge eines *small talk*, bei dem es um Heim und Umfeld geht, so bedarf es schon einer erhöhten Konzentration, um zu verstehen, was da eigentlich gemeint ist. Das hört sich dann folgendermaßen an: „Die *location* meiner *community* ist ohne *upgrading* mit *public viewing* einfach nur *fake – sorry!* Meine *message* dazu: *No connections, no future!*" Wenn dann gar noch beiläufig gehaltvolle Begriffe wie *performance* oder *challenge* eingestreut werden, ist der *small talk* perfekt.

Etwas erträglicher, wenn auch auf Dauer ebenso entnervend ist die Antwort auf eine einfache Frage, nämlich die ausweichend klingende Verneinung: *Nicht wirklich!* Heißt das jetzt einfach: *Nein!* – oder vielleicht sogar: *Unwirklich!?* Wenn man also fragen würde: *Magst Du Sushi?* und hörte dann ein entschlossenes *Unwirklich!* – muss man sich dann von dieser Antwort ins *Reich der Irrealität* katapultieren lassen? Oder war diese Frage bereits im Ansatz falsch, weil sie zu schlicht war? Um nicht unnötig ins Grübeln zu kommen, tut man gut daran, jedes *Nicht wirklich!* mental in ein einfaches *Nein!* umzuschreiben.

Ein anderer, oftmals wie in Parenthese gesprochener und sich in rascher Folge wiederholender Einwurf heißt: *Keine Ahnung!* Meist wird er vom Logorrhoiker nach unscharfen Definitionen oder schwammigen Argumenten als Ablenkungsmanöver eingesetzt. Sein iterativer Einschub klingt wie das offene Eingeständnis dessen, was mancher Zuhörer mittlerweile schon längst gemerkt hat: *Stimmt – der hat wirklich keine Ahnung!* Ähnlich beliebt ist auch der periodisch eingestreute Einschub: *Korrigieren Sie mich, wenn ich etwas Falsches sage!* Dieses Angebot geht in der Regel im ungehemmten Redeschwall des Vortragenden unter, der jeglichem Korrekturversuch ohnehin keine Chance lässt. Es wäre naheliegend, solche ungebremsten Rhetoriker höflich zu unterbrechen mit der Empfehlung, sich vor dem nächsten Auftritt doch etwas besser kundig zu machen. Aber darauf wird meistens doch lieber verzichtet, weil man vielleicht für den Ahnungslosen so etwas wie Mitleid empfindet, oder auch, weil man selbst nicht so genau Bescheid weiß.

Eine weitere, wie gedrechselt wirkende Redewendung ist der feierliche Einwand: *„Das ist für mich nicht nachvollziehbar!"* Was *vollziehen, Strafvollzug* oder auch *Gerichtsvollzieher* bedeuten, ist allgemein bekannt – was aber soll ich denn *nachvollziehen*? Hat man da was verpasst, weil man zu spät gekommen ist, und muss man jetzt etwas *Versäumtes nachholen* oder dafür *nachsitzen*, weil man als *Vollzieher* geschlampt hat? Auf jeden Fall beschreibt dieses Wort einen Vorgang, dessen Ablauf reichlich umständlich klingt und der leicht ersetzbar wäre durch ein einfaches, aber ehrliches: *„Das habe ich leider nicht ganz verstanden!"*

Wenn ein Vorgesetzter verkündet, man sei *gut aufgestellt*, so meint er damit nicht das Kegelturnier vom letzten Betriebsausflug, sondern lobt damit zum einen pauschal die Leistungsfähigkeit der Belegschaft, zum anderen aber – in aller Bescheidenheit – auch seine eigene Effizienz. Er ist voll auf Augenhöhe mit der zeitgemäßen Diktion, wenn er im Diskurs seinem Gesprächspartner bescheinigt: *„Ihr Statement kann ich nur ein Stück weit nachvollziehen* – für mich bleiben da einige *Essentials außen vor. Nichtsdestotrotz:* Danke!" Und der ebenso versierte Gesprächspartner übergeht geflissentlich die schlecht versteckte Kritik und kontert elegant mit einem: „*Gerne – nicht dafür!*"

Eine andere Art hohler Redewendungen erinnert an ein Reptil, das ein zu großes Beutetier verschluckt hat und sich jetzt wegen quälender Blähungen hin und her windet. Diese Sequenz von *Leerformeln* beginnt in der Regel mit einem *Ich würde meinen...*, setzt sich fort – solange kein Widerspruch laut wird – mit einem *Ich könnte mir vorstellen...* und gipfelt – falls auch jetzt noch kein Veto erfolgt ist – in einem euphorischen *Wir sollten das unbedingt mal andenken.....* Solche nichts-sagenden verbalen Arabesken könnte man als *opportunistischen Konjunktiv* bezeichnen, der dem Redner jederzeit ein Hintertürchen offen lässt. Dieses ermöglicht ihm – falls sein allzu kühner Höhenflug zu scheitern droht – einen raschen Rückzug zurück auf festeren Boden. In der Regel tauchen derlei geistige Kugelblitze in der Tagesordnung der nächsten Sitzung nicht wieder auf.

Einer der neueren, bereits wieder verlöschenden Kometen am Himmel des smarten Vokabulars ist der Einwurf: *Das finde ich aber nicht besonders sexy!* Dieser taucht vor allem dann auf, wenn es um etwas geht, was mit Sex überhaupt nichts zu tun hat. Kokettiert hier jemand bewusst mit dem Wunsch, sich als Sexist zu *outen*, oder ist dies nur eine gehobene Umschreibung des mittlerweile Jahrzehnte alten Attributs *affengeil*?

Etwas beharrlicher hält sich ein Spruch, der maximales Erstaunen ausdrücken soll: *Wie finde ich das denn*? Die Antwort auf diese Frage an sein eigenes Ego kann allerdings nur der narzisstische Fragesteller selbst geben – wer denn sonst? Ähnlich verhält es sich mit dem

Attribut *unfasslich*, das – wenn in rascher Folge repetiert – den Eindruck erweckt, das mentale Fassungsvermögen des Wortführers habe überschaubare Grenzen.

Einen guten Lauf hat derzeit die ultimative Formel *Am Ende des Tages...*– eine Art suggestiver Schlussstrich unter ein Fazit, um das den ganzen Tag gerungen wurde und das schließlich den Feierabend einläuten soll. Ob es bei diesem *Statement* um einen Geniestreich geht oder nur um eine Vision, die den zermürbten Zuhörer erlösen soll, wird der Abend des nächsten Tages zeigen.

Eine weit verbreitete Floskel, die zur Steigerung des rhetorischen Überzeugungsdrucks nachgerade inflationär wiederholt und in der Regel von einem gewinnenden Augenaufschlag begleitet wird, ist die wundersame Satzeinleitung: *Um jetzt mal ganz ehrlich zu sein....* Bereits ab ihrer ersten Erwähnung stellt man sich bei jeder Wiederholung erneut die Frage: „Ja, war denn all das, was der Redner bisher vollmundig verkündet hat, vielleicht nicht *ganz*, sondern nur *halb ehrlich*? Und warum eigentlich gerade *jetzt*, wo er doch eben noch so *ehrlich* zu uns war? Oder bringt er das etwa nur, um von einer wackeligen Behauptung abzulenken?" Solche Überlegungen können dazu führen, dass der meditierende Zuhörer wesentliche Inhalte des Vortrags verpasst, weil die gnadenlose Repetition dieses suggestiv gedachten Einschubs an seiner Konzentration nagt. Andererseits dürfte es meistens nicht schade um ebendiese Rede sein, weil der gebetsmühlenartige Einsatz des Attributs *ehrlich* den Verdacht nahelegt, dass hier vielleicht irgendetwas *Unehrliches* mit im Spiel ist – oder zumindest, dass es hier vielleicht nicht mit rechten Dingen zugeht.

Das Unwort des Jahres

Nachdem man 1971 erstmals ein *Wort des Jahres* gewählt hatte, wird seit 1991 von der *Gesellschaft für Deutsche Sprache* jährlich auch eine neue, aber unglückliche Wortschöpfung zum *Unwort des Jahres* gekürt. Eine solche Entscheidung zu fällen, ist nicht ganz leicht, weil die reichlich zur Auswahl stehenden *Unwort*-Kandidaten mitunter ganz amüsant sein können, aber auch diffamierend – genauso wie das zu guter Letzt auserwählte *Unwort*.

Auswahlkriterien hierfür sind Verstöße gegen hohe Werte unserer Gesellschaft wie Menschenwürde oder Demokratie, aber auch die Diskriminierung gesellschaftlicher Gruppen oder irreführende Euphemismen, die kritikwürdige Tatbestände verschleiern. Ziel dieser Kür ist es, Denkanstöße zur Rückbesinnung auf die Pflege und Erhaltung unserer Sprachkultur zu geben.

Zur Veranschaulichung hier eine wahllose Parade von *Unwort-Kandidaten*, die es nicht auf den ersten Platz geschafft haben, und ein Versuch, sie zu deuten:

Negative Kapitalverzinsung:
> Die euphorische Stimmung, die bei Nennung von Stichworten wie *Kapital* und *Verzinsung* entstehen könnte, ist trügerisch, da es sich hierbei um eine euphemistische Verschleierung des hässlichen Wortes *Verschuldung* handelt.

Humankapazität:
> Meint man hier *man power* bzw. *Menschenmaterial*, oder ist dies das Gleiche wie *Humanressourcen* oder

Humankapital? Mit dem Fassungsvermögen für *humanitäres Gedankengut* scheint dies jedenfalls weniger zu tun zu haben.

Aufkommen an Verkehrsopfern:
> Das klingt so erschreckend wie die Auferstehung von *Zombies* – oder eben wie das Gegenteil eines *Abkommens über Kollateralschäden im Verkehr*.

Volumen von Verkehrstoten:
> Werden diese bedauerlichen Opfer jetzt ganz abstrakt als dreidimensionales *Hohlmaß* erfasst? Ihre Angabe als zweidimensionales *Flächenmaß*, z.B. durch Addition ihrer Körperoberflächen, wäre allerdings nicht weniger makaber.

Personalentsorgung:
> Gibt es bei der Müllabfuhr jetzt auch eine eigene Recycling-Tonne für *Humankapital*, das nach Kündigung oder Ableben seines Eigentümers weiterverarbeitet werden soll?

Entlassungsproduktivität:
> Wenn die Produktivität eines Unternehmens durch Entlassungen wirklich zu steigern wäre, hätten dann nicht *Einmann-Betriebe* eine größere Zukunft?

Rentnerschwemme:
> Ist damit eine dramatische *Flutwelle* in einem *Rentner-Paradies* gemeint oder die durchgehend gut besuchte *Pinte* gleich um die Ecke beim Seniorenstift?

Sozialverträgliches Frühableben:
> Vermutlich eine volkswirtschaftliche Wunschvorstellung, deren Sarkasmus vielleicht als Spitzenleistung des Euphemismus gelten mag, die allerdings jenseits des guten mitteleuropäischen Geschmacks liegt.

Verfallsdatum:
> In Verbindung mit *Humankapital* klingt dies wie ein zynischer Hinweis auf den Vorgang des *biologischen Abbaus* von *Menschenmaterial*.
In Verbindung mit *Lebensmitteln* verwechselt der besorgte Verbraucher beim flüchtigen Lesen häufig einen kleingedruckten Hinweis auf das eigentlich gemeinte *Mindesthaltbarkeitsdatum* und entsorgt – zu Unrecht – das einwandfreie Produkt.

So makaber diese willkürliche Auswahl teilweise auch klingen mag und sich problemlos erweitern ließe, so bringt ihre Kenntnisnahme doch zumindest den Vorteil, dass die gedankliche Auseinandersetzung mit ihren Inhalten zum kritischen Nachdenken, selten auch mal zum Schmunzeln anregt. Dabei ist zu vermuten, dass es die Wortschöpfer mit ihren Kreationen durchaus ernst meinen, ohne sich dessen bewusst zu sein, dass sich in einigen ihrer Schöpfungen das Psychogramm eines Zynikers widerspiegelt.

Die diametrale Botschaft
positivierter *un*-Wörter

Nicht zu verwechseln mit dem *Unwort des Jahres* ist ein Kollektiv von Wörtern, die mit der Vorsilbe *un-* beginnen und meistens – aber nicht immer – etwas Negatives signalisieren. Unter diesen *un*-Wörtern findet sich eine Reihe von *Substantiven,* jedoch eine wesentlich größere von *Adjektiven,* die auch adverbiell verwendet werden.

Im *Duden*-Lexikon findet sich die Vorsilbe *un-* auf 12 Seiten und wird an Häufigkeit nur von *ver-* mit 15 und *be-* mit 14 Seiten übertroffen. Es folgen *an-* mit 8, *ein-* mit 7, *über-* mit 6, *ab-* mit 5, *auf-, unter-* und *vor-* mit je 4, *ent-* und *nach-* mit je 3 sowie *zer-* mit 1 Seite.

Vor Jahren entdeckte ich im Feuilleton einer seriösen Wochenzeitung einen humoristisch verpackten Artikel über das *Positivierte un-Wort,* der offenbar potentielle Entwicklungen und bizarre Entgleisungen des Wortgebrauchs aufs Korn nehmen wollte. Ich fand ihn fürs erste ganz witzig, retrospektiv aber dann doch etwas kalauerhaft. Allerdings hat mich der Gedanke daran in der Folgezeit nie mehr ganz losgelassen wie ein Herpes-Virus, das sich nach Erstkontakt im Körper einnistet und dann periodisch zu Wort meldet, oder auch wie eine alberne Schlagermelodie, die sich auf ähnliche Weise etabliert und als zwanghafter Ohrwurm ab und zu in Erinnerung bringt. Dennoch habe ich mich – mit gemischten Gefühlen – dafür entschieden, diese fragwürdige Vision dem Katalog des sprachlichen Unsinns anzufügen, quasi als abschreckendes Plädoyer dafür, dass dieser groteske Irrweg hoffentlich nie Wirklichkeit werden darf.

Übrigens: Der Leser, der bereits jetzt ahnt, dass das Nachfolgende ziemlich skurril daherkommen könnte, hat durchaus Recht – er täte gut daran, weiterzublättern und sich besser mit den nachfolgenden Kapiteln zu befassen. Entscheidet er sich aber dafür weiterzulesen, sollte er das nachfolgende Menetekel als Warnsignal betrachten, dass angesichts unseres hemmungslosen Willens zur Sprachneuschöpfung auch eine solch absurde Entgleisung irgendwann einmal Land gewinnen könnte.

Betrachtet man vorrangig die adjektivischen *un*-Wörter, so behalten die meisten von ihnen auch einen Sinn, wenn man ihre negativierende Vorsilbe weglässt und sie somit quasi *positiviert*. Bei dieser *Inversion ins diametrale Gegenteil* mutieren einige von ihnen jedoch zu neuen Adjektiven, die nicht im *Duden* stehen und sich beim Versuch der Interpretation als sperrige, mitunter auch amüsante *Nonsens-Attribute* erweisen, wie zum Beispiel im Satz: *Er ist ein bändiger, wirscher und geschlachter Mensch mit flätigen Sitten.*

Hier eine – sicher unvollständige – Auswahl mit Beispielen für *positivierte un-Wörter*:

Abänderlich – abdingbar – ablässig – abweislich – aufhaltsam – aufhörlich – aussprechlich – ausstehlich.
Bändig – bedarft – behaust – beholfen – benommen – berufen – beschadet – bescholten – besehen – beugsam – botmäßig.
Erbittlich – erhört.
Fasslich – flätig.
Gebärdig – gehobelt – gezogen.
Säglich – sinnig – sittlich.

35

Tadelig.
Umstößlich.
Wirsch – weigerlich – wirtlich.
Ziemend.

Diese exemplarische Auflistung und das nachfolgende Satzbeispiel könnten für den Leiter einer Personalabteilung eine willkommene Fundgrube sein, wenn er im Zuge der Zeugniserstellung eine *Personalbeurteilung* verfassen soll. Die hierbei üblichen Strategien verfolgen mitunter das Ziel, Mitarbeiter euphemistisch wegzuloben, ohne dass es der Betroffene als flüchtiger Leser gleich merkt, weil er vielleicht ausschließlich auf negativ belegte *un*-Ausdrücke fokussiert ist.

Hier der *un*-freie Entwurf für eine *positivierte Personalbeurteilung*:

Dieser *bändige, wirsche* und *geschlachte* Mitarbeiter ist von *steter, gestümer* und *ziemender* Wesensart und äußert wie ein *behauster* Mensch vornehmlich an *wirtlichen,* bisweilen *aussprechlichen* Orten in nachgerade *sittlicher* Art und Weise *ablässig* und *aufhörlich fasslich flätige* Worte. Damit gehört er – *beschadet* seiner sozialen Herkunft – zu jenen *botmäßigen, gehobelten* und *gebärdigen* Zeitgenossen, die es als *bedarfte, ausstehliche* und *gezogene* Mitarbeiter nur sehr *wahrscheinlich* zu einem *berufen tadeligen, bescholtenen* und *beugsamen* Staatsdiener bringen werden, weil sie – *benommen* ihrer durchschnittlichen Leistungsfähigkeit – die *erhört* hohen, *abänderlichen* und *abweislichen* Anforderungen an den Beamtenstatus wegen der *umstöß-*

lichen, abdingbaren und ihnen bisweilen *sinnig* erscheinenden Dienstvorschriften *besehen* nicht akzeptieren.

Zugegeben: So ein Text nervt, weil er nicht nur abstrakt, sondern auch vertrackt wirkt und zum unaufmerksamen Diagonal-Lesen verleitet. Verständlich wird seine kryptische Botschaft erst dann, wenn man alle kursiv gesetzten Adjektive und Adverbien mit der Vorsilbe „*un-*" versieht.

Ein jüngerer, noch unerfahrener Leiter einer Personalstelle würde da rascher zu einer klaren Kernaussage kommen, indem er seine Beurteilung ohne Umschweife in wenige, dafür aber verständliche Worte fasst: *Dieser widerliche Typ gibt ständig Scheißhaus-Parolen von sich und wird es wohl kaum zu einem brauchbaren Angestellten, geschweige denn, bis zum Beamten bringen.*

Wie bereits eingangs als Warnhinweis angekündigt: Ein solches, unsere Sprache bedrohendes Menetekel aus dem Reich der Utopie wird uns hoffentlich erspart bleiben – und, wenn im Ansatz erkennbar, umgehend als schädliches Fremdkraut zum Schreddern in der Kompostecke unseres Schrebergartens landen.

Humor –
Spagat zwischen Wortwitz und Wahnwitz

Der *Sinn für Komik* wird einem wohl eher von einer guten Fee als Geschenk in die Wiege gelegt, als dass man ihn durch einen noch so intensiven Lernprozess erwerben könnte. Vielleicht hängt ein solches Gespür auch mit der individuell unterschiedlichen Fähigkeit zur *Assoziation* zusammen, womit auch erklärt wäre, warum der eine bei einem guten Witz sofort losprustet und ein anderer dazu einen deutlich längeren Anlauf braucht. Hämischer Kommentar: *Der Groschen fällt – aber in Pfennigen und im Zickzack!*

Komik steckt in einem spezifischen Handlungsablauf und wird vom aufmerksamen Zuhörer umso intensiver wahrgenommen, je ausgeprägter sein *Sinn für Humor* ist. Diese Veranlagung ist wohl am ehesten bei einem Publikum anzutreffen, das sich von Zirkus-Clowns, Pantomimen, Komödianten, Kabarettisten oder scharfzüngigen Chansonniers begeistern lässt.

Genau genommen, bedeutet das lateinische Wort *humor* so viel wie *Feuchtigkeit*, was wohl eher mit den Körpersäften der antiken Lehre von den Temperamenten, den prägenden Elementen eines Menschentypus, zu tun hat als mit der naheliegenden Vermutung, hiermit seien vielleicht die Tränen gemeint, die bei heftiger Belustigung vor *Lachen* geweint werden. Allerdings könnte fälschlich auch an andere *Feuchtgebiete* unterhalb der Gürtellinie gedacht werden, die bei Lachstürmen durch *Affektinkontinenz* betroffen sein können.

Einem Erzähler witziger Geschichten, der selbst bei finalen Pointen keinerlei affektive Beteiligung erkennen lässt, wird *trockener Humor* und seinen unbeteiligt wirkenden Gesichtszügen das *Pokerface* eines Spielers nachgesagt, welches keinen Rückschluss auf seine Karten oder Absichten erlaubt.

Die pauschale Behauptung, Frauen und Kinder hätten keinen Humor, wenn hintersinnige Witzeleien bei ihnen nicht zur erwarteten Belustigung führen, ist ein immer wieder geäußertes Vorurteil, das bis dato jedoch nicht glaubwürdig belegt ist. Im Gegenteil: Es gibt zunehmend hervorragende Kabarettistinnen, die sich mit ihrem Gefühl für Situationskomik und ihrer Schlagfertigkeit auf der *Brettlbühne* bravourös behaupten, wenngleich diese bisher – lange genug – von der Männerwelt dominiert wurde. Diese Damen machen nicht einmal vor dem *Schwarzen Humor* Halt, dessen Verbreitung im deutschsprachigen Raum ursprünglich das Verdienst einiger österreichischer Kabarettisten war – allen voran zum Beispiel Georg *Kreisler* mit seinen *Schwarzen Liedern* wie *Tauben vergiften, Biddla Buh, Die Hand* oder auch *Der guade oide Franz*. Im gleichen Atemzug wären auch einige seiner Landsleute zu nennen wie Helmut *Qualtinger* und Gerhard *Bronner*, deren satirische Texte in den Sechziger- und Siebzigerjahren Kult waren.

Dagegen gibt es auch eine seltene Begabung, die überwiegend eine weibliche zu sein scheint: die des *unfreiwilligen Humors*. Diese Fähigkeit besteht darin, dass mitteilsame Frauen ganz intuitiv mit wirklich (oder vermeintlich?) ernst gemeinten Äußerungen bei einem Publikum, das Sinn für Wortwitz hat, wahre Lachsalven hervorrufen können – wobei die muntere Plaudertasche oft selbst nicht versteht (oder dies vorgibt?), was daran lustig sein soll. Meisterinnen mit diesem Talent zur *unfreiwilligen Komik* waren im 19. und 20. Jahrhundert Friederike *Kempner*, die *Schlesische Nachtigall*, und Julie *Schrader*, der *Welfische Schwan*. Beide konnten – wiewohl von der Fachwelt spöttisch kommentiert und häufig parodiert – mit ihrer blauäugigen Art der Poesie immerhin literarische Bekanntheit erlangen.

Im Umgang mit *Kindern im Vorschulalter* ist ein erstaunliches Phänomen zu beobachten. Die Knirpse bringen Erwachsene zum Lachen, indem sie bei passender Gelegenheit witzige Aussprüche zitieren, die sie irgendwann bei den Großen aufgeschnappt und dank ihrer altersbedingt hohen Merkfähigkeit gespeichert haben. Dabei zielen sie vermutlich ganz intuitiv darauf ab, den früher miterlebten Heiterkeitserfolg spontan zu wiederholen. Dies gelingt ihnen wegen des Überraschungseffekts auch häufig und verschafft ihnen den anerkennenden Ruf, ein *äußerst originelles Kind* zu sein.

Humor und *Komik* können also ganz verschiedene Facetten haben, die jedoch weder geschlechts- noch altersspezifisch sind. Sie setzen eine individuelle Fähigkeit zum *assoziativen Querdenken* voraus, die aber nicht bei jedermann in gleicher Weise vorhanden ist. Dies rührt wohl daher, dass die Verwirklichung einer vorgegebenen Veranlagung Einflüssen des Umfelds unterliegt, die sich im einen Fall anregend, im anderen hemmend auswirken können.

Wer nicht recht zuhören oder nicht schnell genug mitdenken kann, wird nach einer witzig verpackten Bemerkung, sobald sich das allgemeine Gelächter gelegt hat, etwas irritiert nachfragen: *„Also – wie jetzt?"* Oder auch, wenn diese Person die aberwitzige Pointe für eine ernst gemeinte Mitteilung hält und einwirft: *„Das hab' ich noch nie gehört – das glaub' ich nicht!"* Das ist dann wie ein Schuss ins eigene Knie, der seinerseits bei den Anwesenden zu erneuter Erheiterung führen oder auch – weniger höflich – so etwas wie spöttische Überheblichkeit auslösen kann.

Abschließend sei ein geflügeltes Wort zitiert, das sich seit Jahrzehnten großer Beliebtheit erfreut und insbesondere von Franz-Josef *Strauß* gern verwendet wurde. Seither wird es immer wieder ebenso unverdrossen wie mit vollem Ernst zitiert und heißt: *Man sollte niemals nie sagen!* Da bei diesem Imperativ sowohl Redner als auch Zuhörer in der Regel durchaus ernst bleiben und allenfalls ein Mitdenkender schon mal irritiert die Miene verzieht, drängt sich der Verdacht auf, es werde überhaupt nicht realisiert, dass dieser smarte – zunächst gefühlt witzige – *Tabu-Satz* ein Widerspruch in sich selbst ist. Im gleichen Augenblick nämlich, in dem der Vortragende mit seiner Beschwörungsformel dazu auffordert, *niemals nie* zu sagen, hat er den *Tabu-Bruch* bereits selbst vollzogen.

Ähnlicher Beliebtheit erfreut sich eine weitere, wohl tiefsinnig gemeinte Bemerkung von Helmut *Kohl*, deren humoristisches Potential ihm selbst vermutlich gar nicht bewusst war – ebenso wie auch all jenen, die uns diese peinliche Beschreibung eines purgativen Vorgangs zu allen erdenklichen Gelegenheiten in Erinnerung rufen: *Entscheidend ist, was hinten dabei herauskommt.*

Der *Dschornalist*

Auch ohne dass sich am Inhalt etwas verändert, kann sich die Aussprache einer altvertrauten Bezeichnung im Zuge einer *schleichenden Spontanmutation* „verfärben". Letztere gleicht einem höheren Wesen, das auf leisen Sohlen durch eine geschlossene Betonwand geht, ohne dass es jemand merkt. Meist steckt nicht einmal Absicht hinter solchen, oft unbemerkten „Innovationen", sondern eher die Unkenntnis des wahren Wortursprungs.

Zu einem solchen Opfer wurde beispielsweise der Begriff des *Journalismus*, den wir als Lehnwort für die Zeitungsschriftstellerei bzw. als pauschales Synonym für das Pressewesen von den Franzosen übernommen haben. Er ist damit – quasi durch Gewohnheitsrecht – zum schützenswerten Bestandteil des deutschen Wortschatzes geworden. In der abendlichen Nachrichtensendung des Zweiten Deutschen Fernsehens wurden vor etwa zwei Jahrzehnten „Journalisten" (sprich: *schurnalisten*) wiederholt als „Giornalisten" (sprich: *dschornalisten*) bezeichnet – meiner Wahrnehmung nach: eine Premiere! Der kreative Moderator war weder vom Namen noch vom Aspekt her mediterraner Herkunft, aber vielleicht ein passionierter Italien-Urlauber, der stolz auf seine fortgeschrittenen Sprachkenntnisse war, offenbar aber noch nie Frankreich besucht hatte. Was er dabei wohl nicht ahnte: er löste mit seiner neuartigen Aussprache eine wahre Lawine von *stiller Übernahme* aus, die rasch alle Fernsehkanäle überrollte.

Ich war mir nicht sicher, ob ich vielleicht das Ergebnis einer Konsensus-Konferenz zur Reform traditioneller

Sprachregelungen verpasst hatte, oder ob es sich um eine Wette handelte nach dem Motto: „...mal sehn, wann's einer merkt!" – wenn nicht gar um ein mafiöses Komplott europäischer Meinungsbildner. Meinen ursprünglichen Verdacht, ich sei Opfer eines akustischen Wahrnehmungsfehlers geworden, konnte ich in der Folgezeit rasch begraben. Als nämlich der französische *journaliste* und der italienische *giornalista* endgültig zum francoitalienischen Hybrid *Schornalist* verschmolzen schienen, schoss schließlich der Moderator einer beliebten abendlichen *Talk-Show* den Vogel ab mit der ultimativen Abwandlung zum *Dschurnalisten*. Als nächstes erwartete ich die konsequente Umwidmung der als Hetzpresse apostrophierten „Journaille" (sprich: *schurnaije*) zur *Schornallje* bzw. *Dschurnallje*, wozu es aber – gottlob! – bisher noch nicht kam.

Bevor alle Varianten ausgereizt und durch beharrliche Wiederholung gnadenlos festgeklopft waren, entschloss ich mich, zur Rettung des historisch verbürgten Journalisten in den Ring zu steigen. Ich wandte mich an den seinerzeit ranghöchsten Nachrichtensprecher des Zweiten Deutschen Fernsehens, der viele Jahre in Frankreich gelebt hatte und als ausgesprochen frankophil galt. Ich legte ihm als ausgewiesenem Kenner der korrekten Aussprache mein Problem dar und erinnerte dabei an einen bereits veralteten Präzedenzfall, nämlich das französische *Accessoire* (= Zubehör, sprich: *aksessoar*), das ein ähnliches Schicksal erlitten hatte. Bereits vor Jahrzehnten hatte es sich hierzulande – vorwiegend in der Modebranche – als „Assessoar" festgebissen, ohne dass dies je beanstandet worden war. Im *Duden* wurde die korrekte Aussprache allerdings schon immer eindeutig wiedergegeben. Abschließend äußerte ich die Hoffnung, der *Journalist* sei vielleicht doch einer Rettungsmaßnahme würdig – allein schon aus Respekt vor dem Urheberrecht unserer französischen Nachbarn. Wenn es schon gegen den Bazillus der linguistischen Verwirrung noch keinen Impfstoff gebe, so sollte man doch wenigstens versuchen, die drohenden Folgen einer fortschreitenden Epidemie durch ein klärendes Wort *ex cathedra* zu begrenzen.

Mein Schreiben wurde freundlich beantwortet mit der Anmerkung, dass der Angefragte selbst oft schmerzvoll zusammenzucke, wenn z.B. Leute, die sich der gehobenen Bildungsebene zugehörig fühlen, unsere *Drogerie* mit gespitzten Lippen zur „Droscherie" veredeln. Als Fazit ergab sich für mich, dass der frankophile Kommentator bisherigen und künftigen Versuchen, solche willkürlichen verbalen Verfärbungen aus der Welt zu schaffen, ebenso skeptisch wie resigniert gegenüberstand und auch in Zukunft dabei bleiben wird. Nachdem er als namhafter Medienvertreter mir damit wohlmeinend das Handtuch zugeworfen hatte, blieb mir nur eins: den Ring für den Nächsten freizugeben, der sich anschickt, zum Kampf gegen Windmühlen anzutreten.

Wetterleuchten der Schülersprache

Die schon eingangs erwähnte, nicht ganz ernst gemeinte Idee, eine Art *Lexikon der Jugendsprache* zu verfassen, wurde 2001 überraschender Weise von einem deutschen Verlag verwirklicht (PONS – *Wörterbuch der Jugendsprache*). Die seither jährlich erscheinenden Neuausgaben enthalten ausgewählte, nicht redigierte Einsendungen von Schülern aus Deutschland, Österreich und der Schweiz, die mit ihren Wortmeldungen das Lebensgefühl ihrer Generation zum Ausdruck bringen wollen.

In der Ausgabe von 2015 wurden z.B. vom Verlag immerhin 1.500 neue Wortbildungen und Begriffe publiziert, zusätzlich als Bonmots eine Reihe von Lehrersprüchen und ein Index von zwanzig *uncoolen Wörtern*. Bei der Durchsicht des Bändchens erlebt ein Vertreter der älteren Generation jedoch eine herbe Enttäuschung. Da er von den witzigen *Sponti*-Sprüchen und der Jugendsprache der Achtzigerjahre geprägt ist, können ihn die meisten der Begriffe und Redewendungen der heutigen Schülersprache nicht recht vom Hocker reißen.

Abgesehen davon, dass deren Etymologie auch ansatzweise nicht immer erkennbar ist, wenden sich die Wortschöpfer häufig gegen Randgruppen beiderlei Geschlechts, wie z.B. Dicke und Dünne, Hässliche mit Pickeln und fetten Haaren, Vegetarier, Streber, Spielverderber und andere Außenseiter, und hinterlassen beim unvoreingenommenen Leser ein schales Gefühl. Der Wissbegierige wird mit einer Geheimsprache konfrontiert, die nicht selten sexistische, mitunter auch rassistische Hintergründe erkennen lässt. Bisweilen drängt sich auch der Eindruck auf, dass sich einige der Urheber das Lebensgefühl eines künftigen *Macho* auf die Fahnen geschrieben haben. Wo Ausgrenzung und Abschätzigkeit sich breit machen, hört allerdings der Wortwitz auf.

Von der stattlichen Jahresausbeute der Schülersprache in vierstelliger Höhe kann lediglich eine Handvoll Wortschöpfungen beim wohlwollenden Leser ein Zucken um die Mundwinkel bis hin zum Schmunzeln auslösen und ihm allenfalls eine knapp bemessene Prise Glückshormon vermitteln. Hier ein paar Beispiele:

Abschleppöse = Piercing in der Nase
Aquaholiker = Wassertrinker
Beilagenesser = Vegetarier
Bienenkotze = Honig
Blitzerknarre = Radarpistole
...ist bündig = ...es passt
cornern = abhängen
cosmo = super, großartig
dahinschnecken = langsam fahren
Datenzäpfchen = USB-Stick
Edelprimat = Prolet
Feuchtbiotop = Jugendzimmer
Fummelbunker = Diskothek
Funkziegel = Smartphone
Flatrate labern = ohne Punkt und Komma reden
Fleischkarusell = Dönerspieß
Fossilauto = Oldtimer
Freibierparasit = Schnorrer
Güllebunker = Toilette
Laufwerk = Gehirn

Lippenbekenntnis = Kuss
Männerballett = Ringen und Boxen
Milchtanker = Kuh
Pausenbrücke = Schulstunde
Rentnerbravo = Apotheken-Umschau
Rotstiftmilieu = Schule
Scheinwerfer = Geldautomat
Sechserpack = Schulzeugnis
Teilzeitdenker = dumme Person
whatsappen = Nachricht über Whatsapp schreiben

Diese Auswahl ist zwar subjektiv und somit nicht repräsentativ, aber unterm Strich entspricht sie gerade mal zwei Prozent der gesammelten Innovationen – ein eher bescheidenes Fazit. Mit ihrer Geheimsprache grenzen sich die Schüler von der Welt der *Alten* ab, d.h. der über Dreißig- bis Vierzigzigjährigen, und katapultieren sich in eine eigene Welt – ein sprachliches Ghetto, wo nur sie den Urheberanspruch auf ihren Wortschatz und damit die Deutungshoheit darüber besitzen. Dessen ständiger Wandel gleicht einem drohenden Gewitter, das sich mit *Wetterleuchten und Donnergrollen fernab im Tale* ankündigt, es aber dann doch nicht bis zur erlösenden Entladung schafft. Als positiv anzuerkennen ist die Tatsache, dass man sich ab und zu von bisher gängigen, jetzt uncoolen Code-Wörtern trennt, d.h. auch die Mühen der Bestandsaufnahme und Revision nicht scheut.

Zum Trost kommen die überwiegend schlagfertigen Lehrersprüche, die zwischen die alphabetischen Blöcke der Schülersprache geschaltet sind, ganz witzig herüber, auch wenn sie ab und zu schon mal anbiedernd wirken.

Lehrern kann dieses periodisch aktualisierte Geheimwörterbuch durchaus als Dechiffrierhilfe empfohlen werden, damit sie sich informieren bzw. auf dem Laufenden halten können, wie ihre Zöglinge ticken, und rechtzeitig merken, wo sie als Pädagogen gefordert sind.

Der Anhang mit den zwanzig *uncoolen Wörtern* belegt, dass sich auch in der Schülersprache kurzlebige *Eintagsfliegen* finden, die ihren Nachkommen mit ihrer ebenso geringen Lebenserwartung periodisch das Feld räumen müssen. Offenbar wurden diese *Rückzieher* von der Fachwelt nicht als Makulatur wahrgenommen, weil sich bereits zwei Jahre später etwa die Hälfte dieser zwanzig geächteten Wörter im *Duden* findet und somit als der Hochsprache zugeschlagen gilt.

Die Frage an die weise Frau mit der Kristallkugel, ob denn der propagierte Wortschatz der Schüler auch wirklich Zukunft hat, führt zu einem wenig hilfreichen Fazit: *Man kann ja nie wissen...* Aber womöglich geht aus den Reihen dieser vorerst noch ungezähmten Sprachschöpfer eines Tages ein Club der *Jungen Kreativen* hervor, der einem *Neo-Dadaismus* auf die Sprünge helfen will – Kurt *Schwitters* würde sich vielleicht freuen.

Letztlich ist aber auch anzumerken, dass sich einige der Schüler, welche für die aktuelle Umweltinitiative *Fridays-4-Future* aktiv waren, bei Interviews mit Pressevertretern und Diskussionen mit Politikern rhetorisch beachtlich geschlagen haben – und dies vor allem in gutem Deutsch, mit verständlichen Inhalten und frei von Anglizismen und Code-Wörtern. Das lässt hoffen – Respekt! Der gilt nicht zuletzt aber auch ihren Deutschlehrern, die hier offenbar gute Vorarbeit geleistet haben.

Von der Würde des Wortes

Als unerschütterliches Fundament der Sprachkultur gelten die klassischen Werke der europäischen Literatur des 18./19. Jahrhunderts, was die Bedeutung hervorragender Schriftsteller des 20./21. Jahrhunderts aber nicht schmälert. Berühmte Schriftwechsel sagen über eine Zeit und ihre Persönlichkeiten oft mehr aus als manche Interpretationen in Lehrbüchern der Literaturgeschichte, deren Anspruch auf Objektivität keinen Widerspruch duldet.

Als Beispiel hierfür seien der *Briefwechsel* zwischen Johann Wolfgang *von Goethe* und seinem Vertrauten Johann Peter *Eckermann* sowie dessen Dokumentation seiner *Gespräche mit Goethe* genannt. Wäre es den beiden Herren heute möglich, von ihrer Wolke herab einen Blick auf unsere Welt der modernen Kommunikation zu werfen, sie würden angesichts der blutleeren Sprache unserer *E-mails* und *SMS-Botschaften* die Hände vors Gesicht schlagen und sich voller Gram abwenden. Die Inhalte von *Facebook* oder *Twitter*, die ihnen vermutlich im Äther ohnehin permanent um die Ohren sausen, würden ihre Depression noch mehr vertiefen.

Nun ist natürlich nicht zu leugnen, dass zwischen diesen beiden Herren und uns gute zwei Jahrhunderte liegen, in denen sich vieles verändert hat – einiges zum Besseren, anderes zum weniger Vorteilhaften. Es wäre vorstellbar, dass die beiden Beobachter auf ihrer Wolke vielleicht große Augen machen würden, wenn sie zufällig Literatur aus dem 20. Jahrhundert zur *Sprache der Jugend* in die Hand bekämen. Unterstützt durch den neuesten *Duden* und ein Handbuch zur *Hermeneutik der modernen Philologie* könnten sie sich in die Lektüre vertiefen und würden vielleicht sogar ab und zu erheitert schmunzeln. Sollten sie aber unglücklicher Weise als erstes irgendwelche umfänglichen Bücher mit der *Sprache der Etablierten* in die Finger bekommen, so würden sie – wie zuvor schon angesichts unserer elektronischen Textvermittlung – erneut in Schockstarre verfallen und sich mit letzter Kraft in ihre Wolke verkriechen.

Durch diese Flucht bliebe ihnen erspart, auch unsere Alltagssprache kennenzulernen und uns diesbezüglich in Erklärungsnot zu bringen. Trotz unseres ausgefeilten Schul- und Bildungswesens ist es nämlich immer noch nicht flächendeckend gelungen, das Repertoire des allgemeinen Wortschatzes durch ständige Nachrüstung mit sachlich korrekten Begriffen in den Köpfen zu etablieren. Dies hat zur Folge, dass der gestresste Mitmensch einem anderen zuruft: „Gib' doch mal das *Teil* da rüber!" und auf dessen Rückfrage: „Welches denn?" bereits etwas angefressen antwortet: „Na, das *Zeug* da – Du weißt schon: das *Dingsda* halt!" Um einer Eskalation vorzubeugen, könnte vielleicht die beschwichtigende Rückfrage folgen: „Äh – meinst Du das *Dingsbums* da?" Mit etwas Glück ist es dann das gewünschte Objekt – und wenn nicht, dann muss eben die stumme Zeichensprache das Patt der verbalen Insolvenz überbrücken.

Zugegeben: Dieses Szenario mag auf manchen vielleicht belustigend wirken, hat aber durchaus einen ernsten Kern, der uns zu denken geben sollte – nämlich die Verknappung unseres Vokabulars und damit die drohende Verarmung der Umgangssprache. Diese Gefahr sollte uns nicht weniger beunruhigen, als es die skurrilen

Wortschöpfungen von Technokraten, Politikern und Medienvertetern ohnehin fast täglich tun.

Die Würde unsere Sprache werden wir nur erhalten können, wenn wir uns immer wieder die Vielfalt ihrer Begriffe zu eigen machen und uns aktiv um zwei *Imperative* bemühen: zum einen, unserem Gegenüber respektvoll zuzuhören, und zum anderen, ein möglichst breites Spektrum unserer sprachlichen Ausdrucksmöglichkeiten bewusst einzusetzen – und dies ganz besonders auch im Manöverfeld des alltäglichen Umgangs miteinander. Diese beiden Zielsetzungen sollten wir – unter bewusstem Verzicht auf verbale Akrobatik – als mentales Training und als sportliche Herausforderung zum Mitdenken empfinden und uns diese Absicht immer wieder ins Gedächtnis rufen.

Dazu eine kleine Episode: In meiner Schulzeit brachte ein junger Referendar diese Zielsetzung auf den Punkt, als er sich mit einer Handvoll Lernbegieriger aus unserer Abiturklasse an freien Nachmittagen zusammensetzte und das Ganze ein *Seminar* nannte – ein Begriff, auf den wir als gefühlte *Vorakademiker* sehr stolz waren. Anhand der *Blumen des Bösen* von Baudelaire versuchte er, uns den französischen Symbolismus nahezubringen. Dabei wies er wiederholt voller Begeisterung auf die treffsichere Wortwahl der oft anonymen Übersetzer hin und ließ uns ganz locker eigene Vorschläge zu sprachlichen Alternativen machen. Irgendwann gab er beiläufig ein mehr launig als ernsthaft gemeintes Bonmot zum Besten, das bei mir als Imperativ hängen blieb und mich seither verfolgt:

Das treffende Wort am rechten Ort – das sei euer Sport!

51

Die Macht der Umgangssprache

Dieser gereimte Leitspruch unseres Tutors – zur Schulzeit wurden derartige einprägsamen Gedächtnisstützen nachsichtig unter *Eselsbrücken* subsummiert – mag blauäugig klingen und kann allenfalls ein Strohhalm sein, an den sich der Optimist klammern kann. Aber aus vielen Strohhalmen lässt sich eines Tages vielleicht sogar eine schwimmfähige Rettungsmatte flechten.

Was die *Anglizismen* betrifft, werden wir uns ihrer kaum erwehren können. Aber wir sollten so sparsam wie möglich damit umgehen und sie vor allem korrekt und nicht als gefühltes *Denglisch* einsetzen, wie es uns die ohnehin meist unverständlichen Schlagertexte suggerieren, mit denen wir täglich berieselt werden.

Der französische Kultusminister *Toubon* versuchte 1994, das *Franglais* per Gesetz aus der Amtssprache sowie aus der Werbung und aus offiziellen Verlautbarungen zu verbannen. Außer dem Spitznamen *Allgood* (abgeleitet von *tout bon* für Toubon) und reichlich Häme hat ihm dieses Ansinnen jedoch nicht viel eingebracht. Dieser frustrierende *Kampf gegen Windmühlen* wurde nach seinem Ausscheiden zwanzig Jahre später achselzuckend eingestellt. Auch gegen das *Québecois* im biglotten Kanada ist kein Kraut gewachsen – warum sollte es auch?

Wir dürfen nicht vergessen, dass auch unsere deutschen Ursprachen seit vielen Jahrhunderten vom Griechische, Lateinischen und Arabischen durchdrungen wurden. Solche pragmatischen Übernahmen sind letztlich als fester Bestandteil unserer Sprachkultur zur

Grundlage der Kommunikation zum geworden. Auch wenn man diese Anleihen ursprünglich durchaus korrekt in die eigene Sprache integrierte, wurden sie in Unkenntnis ihres Ursprungs von manchen Benutzern missverstanden und im Laufe der Zeit immer wieder willkürlichen Veränderungen unterworfen.

Dies lässt sich anhand eines etwas skurrilen Beispiels verdeutlichen: Im Lateinunterricht Mitte der fünfziger Jahre wurde uns als Übersetzung von *nihilo minus* die argumentative Floskel *nichtsdestoweniger* beigebracht, die auch durch *trotzdem, dennoch, indessen, gleichwohl* oder *ungeachtet dessen* ersetzbar ist. Mit der einprägsamen Verbalhornung *nihilo trotzquam* sorgte der Witzbold der Klasse damals für allgemeine Erheiterung.

Drei Jahrzehnte später stellte ich einen jungen Mitarbeiter zur Rede, weil er in einem Arztbericht einen Absatz mit *nichtsdestotrotz* eingeleitet hatte. Der Gerügte beteuerte beharrlich, dieser Ausdruck sei in seiner Generation durchaus üblich, auch wenn er nicht im *Duden* stehe. Trotz aller Skepsis beließ ich es dabei, um dann zwei Jahrzehnte später im *Duden 2013* zu entdecken, dass dieses scherzhafte Kofferwort mittlerweile als *umgangssprachlich* eingestuft und mit dem Adelstitel „*ugs.*" in die Hochsprache aufgenommen wurde. Der Siegeszug dieser *smarten* Satzeinleitung war im alltäglichen Umgang ebenso wenig aufzuhalten wie in Medien und Politik. Den vorerst ultimativen Vogel schoss kürzlich vor laufender Kamera ein Bundestagsabgeordneter ab, indem er mit völlig ernster Miene sein finales Fazit mit einem *Nichtsdestowenigertrotz* (sic!) eröffnete – der nächste, bitte! *Nichtsdestotrotz*: Das altmodische *nichtsdestoweniger* darf – gottlob! – dennoch und weiterhin ungestraft benutzt werden.

Seit den 2010er Jahren entwickelte sich hierzulande ein inflationärer Sprachschatz von *Neologismen*, der als Katalog über das Netz verbreitet wird. Diese Wortneuschöpfungen wurden mittlerweile zum großen Teil unmerklich in unserer Alltagssprache integriert, ohne dass bisher alle das dezidierte Placet des *Duden* erhalten haben. Ein kleinerer Teil davon scheint sich jedoch zu einer Art Geheimsprache zu rekrutieren, die sich dem Verbraucher auf Anhieb nicht erschließt und Nachhilfe erfordert. Als Beispiel wäre hier der *Vöner* anzuführen, eine Art Kofferwort, das sich aus *vegetarisch/vegan* und *Döner Kebab* zusammensetzt. Es handelt sich also um die fleischlose Variante des türkischen Drehspießprodukts, das üblicherweise als ambulantes *street food* aus der Faust verzehrt wird. Das muss einem aber auch gesagt werden, wenn man im üppigen Wildwuchs der sprachschöpferischen Szene noch nicht beheimatet ist.

So bleibt es uns als Aufgabe überlassen, die Grenzen des guten Geschmacks, der sprachlichen Korrektheit und der mitteleuropäischen Toleranz im Auge zu behalten und zu versuchen, bei der Pflege des eigenen sprachlichen Schrebergartens das Beet der zu schützenden Kulturpflanzen von wildwuchernden Fremdkräutern freizuhalten. Wenn es uns dabei gelingt, die Kunst des Zuhörens zu unserer sportlichen Ambition zu machen und den einen oder anderen geflügelten Hohlkörper unseres Gegenüber ebenso höflich wie erfolgreich zu hinterfragen, dann dürfen wir sicher sein, unserer deutschen Sprache einen kleinen Dienst erwiesen zu haben.

Bisher erschienen:

Zacharias Taurinius

*Lebensgeschichte und Beschreibung der Reisen
durch Asien, Afrika und Amerika
des Zacharias Taurinius,
eines gebornen Ägyptiers.*

Nebst einer Vertheidigung
gegen die wider ihn in verschiedenen
gelehrten Zeitungen gemachten Ausfälle,
vorzüglich in Rücksicht der unter dem Nahmen
Damberger
von ihm herausgegebenen Landreise durch Afrika.

Mit einem Nachwort herausgegeben von
Reinhard Schreiber

Wehrhahn Verlag Hannover, 2014
ISBN 97687-3-856-343-9

*

Reinhard Schreiber

Die Lustreise

Novelle
nach den wirklichen Aufzeichnungen
des Kapitains Johannes Marschl aus Chlumetz
von einer Reise ins Riesengebirge 1871

August von Goethe Verlag Frankfurt, 2015
ISBN 978-3-865-343-9

*

Reinhard Schreiber

Der Mann mit dem Turban

Erzählung

*Eine Zeitreise ins Mittelalter
zu den Felsenkirchen Kappadokiens*

August von Goethe Verlag Frankfurt, 2017
ISBN 978-3-8372-1666-0

*

Reinhard Schreiber

Die Dampflok auf dem Dachfirst

Engramme einer bewegten Kindheit

*Erinnerungen an frühe Kinderjahre
in der Nachkriegszeit*

BoD Verlag Norderstedt, 2018
ISBN 9-783746-095738

*

Reinhard Schreiber

Jasons Reise

Die Wahrheit über das Goldene Vlies

Essay

BoD Verlag Norderstedt, 2018
ISBN 9-7837487-107934

*

Reinhard Schreiber

Der Hochstapler

Fluchten und Wandlungen des
Friedrich Kronberg

Roman

BoD Verlag Norderstedt, 2019
ISBN 9-783750415287

*

Reinhard Schreiber

Begegnung in Weimar

Zacharias Taurinius trifft
Johann Wolfgang von Goethe

Erzählung

BoD Verlag Norderstedt, 2020
ISBN 9-783752608175